À tous les membres de la famille

L'apprentissage de la lecture est l'une des réalisations les plus importantes de la petite enfance. La collection *Je peux lire!* est conçue pour aider les enfants à devenir des lecteurs experts qui aiment lire. Les jeunes lecteurs apprennent à lire en se souvenant de mots utilisés fréquemment comme « le », « est » et « et », en utilisant les techniques phoniques pour décoder de nouveaux mots et en interprétant les indices des illustrations et du texte. Ces livres offrent des histoires que les enfants aiment et la structure dont ils ont besoin pour lire couramment et sans aide. Voici des suggestions pour aider votre enfant avant, pendant et après la lecture.

Avant

Examinez la couverture et les illustrations, et demandez à votre enfant de prédire de quoi on parle dans le livre.

Lisez l'histoire à votre enfant.

Encouragez votre enfant à dire avec vous les formulations et les mots qui lui sont familiers.

Lisez une ligne et demandez à votre enfant de la relire après vous.

Pendant

Demandez à votre enfant de penser à un mot qu'il ne reconnaît pas tout de suite. Donnez-lui des indices comme : « On va voir si on connaît les sons » et « Est-ce qu'on a déjà lu un mot comme celui-là? ».

Encouragez l'enfant à utiliser ses compétences phoniques pour prononcer d'autres mots.

Lorsque l'enfant a besoin d'aide, lisez-lui le mot qui pose un problème, pour qu'il n'ait pas trop de mal à lire et que l'expérience de la lecture avec les parents soit positive.

Encouragez votre enfant à lire avec expression... comme un comédien!

Après

Proposez à votre enfant de dresser une liste des mots qu'il préfère.

Encouragez votre enfant à relire ses livres. Il peut les lire à ses frères et sœurs, à ses grands-parents et même à ses toutous. Les lectures répétées donnent confiance au jeune lecteur.

Parlez des histoires que vous avez lues. Posez des questions et répondez à celles de votre enfant. Partagez vos idées au sujet des personnages et des événements les plus amusants et les plus intéressants.

J'espère que vous et votre enfant allez aimer ce livre.

Francie Alexander,
spécialiste en lecture
Groupe des publications
éducatives de Scholastic

S0-BRZ-071

Mme Friselis

Liza

Catalogage avant publication de Bibliothèque et Archives Canada

Cole, Joanna

L'autobus magique marche sur la Lune / Joanna Cole ;
illustrations de Carolyn Bracken ; texte français d'Isabelle Allard.

(Je peux lire!)
Traduction de: The magic school bus takes a moonwalk.
Niveau d'intérêt selon l'âge: Pour les 5-7 ans.
ISBN 978-0-545-98207-8

1. Lune--Romans, nouvelles, etc. pour la jeunesse.
I. Bracken, Carolyn II. Allard, Isabelle III. Titre.
IV. Collection: Je peux lire!

PZ23.C65Au 2009   j813'.54   C2009-901949-3

L'autobus magique est une marque déposée de Scholastic Inc.

Édition publiée par les Éditions Scholastic,
604, rue King Ouest, Toronto (Ontario) M5V 1E1

5 4 3 2 1   Imprimé au Canada   09 10 11 12 13

Sources Mixtes
Groupe de produits issu de forêts bien
gérées et d'autres sources contrôlées.
www.fsc.org Cert no. SGS-COC-003098
FSC   © 1996 Forest Stewardship Council

L'autobus magique marche sur la Lune

Jérôme   Raphaël   Kisha   Pascale   Carlos   Thomas Catherine Hélène-Marie

Joanna Cole

Illustrations de Carolyn Bracken
Conception graphique de Louise Bova et Maria Stasavage
Texte français d'Isabelle Allard

Inspiré des livres *L'autobus magique* écrits par Joanna Cole et illustrés par Bruce Degen.

L'auteure et l'éditeur souhaitent remercier la D^re Joni Johnson, du Département d'astronomie de l'Université de New Mexico, pour ses précieux conseils durant la préparation de ce livre.

Éditions
SCHOLASTIC

Nous remontons dans l'autobus.
Mme Friselis démarre.
Elle appuie sur un bouton
lumineux.

L'autobus s'envole au-dessus des nuages.
Il entre dans le cosmos.
Nous voyons la Terre derrière nous...
et la Lune devant nous.

Que va penser le père de Pascale?
Nous le regardons tous.
Il n'y comprend rien.

Nous roulons.
Au loin, il fait sombre.
Mme Friselis dit qu'il fait nuit là-bas,
de ce côté de la Lune.

En arrivant sur la Terre, l'autobus se transforme en une charrette remplie de foin.

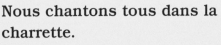

Nous chantons tous dans la charrette.
La Lune brille dans le ciel.

CLAIR DE LUNE
par Pascale

La lune des moissons est la pleine lune de l'équinoxe d'automne. Elle se lève plus tôt le soir et brille donc plus longtemps. Cela donne aux fermiers plus de temps pour rentrer leurs récoltes.

Nous approchons de l'école.
L'autobus reprend sa forme habituelle.
C'EST DÉJÀ FINI?
HEUREUSEMENT!

Nos parents nous attendent.
Nous sommes heureux de rentrer chez nous.
Qui sait ce qui nous attend demain?

INFO-LUNE

◗ La Terre est quatre fois plus grosse que la Lune.

◗ La Lune met environ un mois à faire une révolution complète autour de la Terre. La Terre fait le tour du Soleil en un an.

◗ Sur la Lune, la température peut descendre aussi bas que -155 °C dans la partie sombre. Elle peut atteindre 105 °C dans la partie exposée au soleil.

UN HOMME SUR LA LUNE

Neil Armstrong a marché sur la Lune le 21 juillet 1969. D'autres astronautes ont marché sur la Lune depuis. Comme il n'y a pas de vent ni de précipitations, leurs empreintes sont toujours là. Elles y resteront des centaines d'années.

QUEL EST LE COMBLE POUR UN ASTRONAUTE?

RÉPONSE : ÊTRE MAL LUNÉ!